DES
MINER
AÇÃO

Euler Cruz

DES
MINER
AÇÃO

MAZZA
edições

Capa
Túlio Oliveira

Revisão
Edson Brás Carvalho Cruz

C957d Cruz, Euler.
Desmineração / Euler Cruz.– Belo Horizonte: Mazza Edições, 2019.
136 p.

ISBN: 978-85-7160-721-7

1. Literatura Brasileira. 2. Poesia. I. Título.

CDD: 869.1
CDU: 821.134.3(81)-1

2019-843

Elaborado por Vagner Rodolfo da Silva - CRB-8/9410
Índice para catálogo sistemático:
1. Literatura brasileira: Poesia 869.1
2. Literatura brasileira: Poesia 821.134.3(81)-1

Mazza Edições Ltda.
Rua Bragança, 101 – Pompeia
30280-410 Belo Horizonte - MG
(31) 3481-0591 • pedidos@mazzaedicoes.com.br
www.mazzaedicoes.com.br

Aos que ainda creem que é possível que a humanidade possa viver em equilíbrio com a natureza... e dedicam suas vidas a esse ideal.

No meio do caminho tem um rio de lama
tem um rio de lama e um trem de minério
no meio do caminho
tem um trem, tem um drama
no meio do caminho da gente brasileira.

Nunca me esquecerei desse acontecimento
na vida de minhas retinas tão fatigadas.
Nunca me esquecerei que no meio do caminho
tem um trem, tem um rio de lama
e um vale feito de lágrimas.

(Ao dia 20 de novembro de 1970 – *In memoriam*)

Apresentação

Pessoalmente, penso que chega um momento na vida da gente em que o único dever é lutar ferozmente para introduzir, no tempo de cada dia, o máximo de "eternidade".

(Da 1ª carta de João Guimarães Rosa
a Antônio Azeredo da Silveira, dia 27/10/1945).

Passados 20 anos desde a composição dos primeiros poemas que coligi com o título "Ave Terra" e quase 30 anos do "Novo Rumo" parece-me que nada mudou com relação à consciência ecológica ou, se mudou, foi para pior. A maior parte das pessoas, em nosso país e no mundo, continua pensando que nosso planeta é uma fonte infinita de bens e que essa fonte não pode ser alterada por nenhuma ação humana. Poucos são os que tentam mostrar a realidade à maioria e que, apesar de todas as dificuldades e oposições, continuam nessa luta inglória.

Ultimamente fortaleceu-se a corrente que afirma que as mudanças climáticas são um mito, uma teoria que serve a interesses econômicos escusos. Entretanto, esta corrente se esquece de que os problemas da Terra vão muito além do clima: poluição; envenenamento do solo, dos lençóis freáticos e dos mares; esgotamento de jazidas; pobreza e miséria de bilhões de seres humanos, violência etc.

Muitos – e nesse grupo se enquadram renomados doutores e filósofos – creem que a mudança de mentalidade será consequência da implantação de políticas baseadas em ideologias, de esquerda ou de direita. Para mim – um reles mortal – esquerda e direita são conceitos totalmente ultrapassados, que já provaram sua total ineficiência e incapacidade; são ideias que já não podem ser sustentadas por nenhum tipo de racionalidade.

Creio firmemente, e cada vez mais, que somente uma mudança interior, em cada indivíduo, que leve a uma escolha deliberada a favor de condutas humanas baseadas no amor, na tolerância, na humildade, na generosidade, na simplicidade e na renúncia a todo tipo de consumo desnecessário e a todo tipo de violência e poder, poderá mudar os rumos destrutivos que tomamos. Essa escolha – muito mais vinculada ao que a maioria das religiões propõe do que àquilo que a totalidade das tendências políticas tenta impor às sociedades – precisa ser renovada e realimentada por cada um de nós diariamente, apesar de tudo o que se opõe a ela e de sua aparente insanidade.

"Ave Terra" e, agora, "Desmineração", são sussurros que convocam à retomada dos caminhos interiores, "espirituais", e por isto poderão encontrar algum ouvido somente entre os insanos – loucos, sonhadores e poetas – que tentam combater as chamas, cada vezes mais vorazes, que avançam por todos os lados, chamas que a maioria não vê.

Naturalmente, a maioria pode ter razão e, se assim for, peço a ela sinceras desculpas por me colocar, com tanta insistência, ao lado do bando de excêntricos, dos que insistem na crença de que algo invisível, eterno e amoroso existe e constitui a base, o íntimo do ser humano.

O textos que constituem "Desmineração" foram compostos ao longo do ano de 2018, motivados inicialmente pela contemplação diária e sofrida das atividades da mina Corumi, bem próxima à casa em que moro atualmente. Essa mina, extrapolando as primeiras licenças, avançou abocanhando a Serra do Curral pela base do seu pico mais alto e despertou a oposição da população vizinha. Mas sempre estive convencido que não basta nos opormos à destruição da natureza: é preciso nos opor à causa dela, e somos nós, e apenas nós, essa causa.

Ocorreu-me imaginar um diálogo com poetas que pudessem inspirar e fortalecer as ideias que foram surgindo e, naturalmente, o diálogo se efetuou mais intensamente Carlos Drumond de Andrade quem, com admirável lucidez, apontou o absurdo da mineração que se desenvolvia em seu tempo e que veio desaguar na gananciosa, gigantesca, estúpida e brutal atividade dos tempos atuais. Achei melhor efetuar esse contraponto por meio de notas e citações inseridas no final do texto.

À medida que a extensão do poema aumentava, crescia em mim a dúvida quanto à conveniência de sua publicação, de um lado pelo fato de que hoje em dia poucos são os que têm o hábito da leitura e mais raros ainda são os que leem poesia e, de outro lado, pelo teor um tanto romântico, para dizer o mínimo, de algumas das propostas que nele faço.

Na tarde do fatídico dia 25 de janeiro de 2019, logo depois de tomar conhecimento da extensão da tragédia causada pelo rompimento da barragem de rejeitos da Mina do Córrego do Feijão, da empresa Vale, as dúvidas subitamente desapareceram, levadas por um tsunami de indignação, revolta e de profunda tristeza. Enviei "Desmineração" a amigos e alguns deles incentivaram-me a divulgá-lo de forma mais ampla. Resolvi reeditar junto a esse os textos de "Ave Terra", por tratarem do mesmo tema.

Precisamos transformar a indignação em ação e promover mudanças, a começar de nós mesmos, que nos permitam reverter o curso da destruição que temos espalhado por todo o planeta. Espero que alguns dos que tiverem a paciência de ler esses textos queiram se juntar ao bando de quixotes. Serão muito bem vindos.

Belo Horizonte, 5 de fevereiro de 2019

Desmineração
Caminhada com loucos, sonhadores e poetas

I

A mina de ferro que vejo
da sacada da minha casa[1]
derrama-se dentro de mim
vinda da Serra do Curral.
Como árvore infernal,
de serpeantes raízes
e irrefreáveis braços,
invade-me, cresce e me domina,
faz-se fonte inesgotável
de memórias e sentimentos,
significados e ideias,
revelações transcendentes
e tristezas abissais
pela derrota incomparável[2].

Precipício, imensa chaga,
pequena, porém, ante outras
crateras, províncias, países
de horrendo aspecto lunar,
a velha lavra Corumi

– resistente, renovada –
dia após dia se expande
bem no coração do Estado,
ao pé do Pico de Ferro,
do Pico Belo Horizonte,
símbolo mor da cidade.

Além da mina que vejo,
detrás do pico, à sua borda
e a dois quilômetros apenas,
como signo das tantas
e tantas minas que não vejo,
o insepultável cadáver
da mina de Águas Claras
me assoma à lembrança e assombra-me
com gemidos lancinantes.
Hoje lago de escuras águas,
o mais profundo do País,
e encostas íngremes, instáveis,
testemunham para a história
que o antigo perfil da serra
foi rebaixado, destruído,
levando junto o clima, a vista,
a honra e o orgulho da cidade.

Em Corumi se prepara
o reflexo de Águas Claras,
duas contas entre as milhares
deste rosário de lavras
que desfiamos em mágoas.

II

Da janela do meu quarto
vejo perto a feia estrada
por onde a serra vai embora[3].
Vejo as pilhas de rejeitos
onde antes era mata
e ouço o pio agourento
pelas tardes, noite adentro,
da incessante ré das máquinas.
A fina poeira que nasce
da roda dos caminhões
vindo nas asas do vento
me entra pelas narinas,
torna-se pedra em meu peito.

A rubra ferida agrava-se
sob o ímpeto das máquinas
minando ainda mais o pico
– verde e altivo sob o sol
no brasão desta cidade –
fraco, ferido de antenas,
abalado por Águas Claras.
Quem o vê não imagina
os abismos que o margeiam.
Patrimônio, área tombada,
nem mesmo a lei o protege
(como sempre, o poder público,
oneroso, lento e míope
– algumas vezes comprado,

ou omisso, ou conivente –
nada pode, ou nos engana[4]).

Sem esperanças, desfaleço.
Resta-me contar os anos,
lembrar a história da terra,
jazida desde o começo:
uma parte, força e empenho,
o resto, promessa vã,
ganância, dinheiro, roubo,
mentira e corrupção.

Serras de Minas, alterosas,
hoje imagem de ausências,
cemitérios de enganosas minas
e de culposas consciências...

De quantos Fundões e de Bentos
(peças perdidas no jogo
do mais lucrar no menor tempo),
de quanta dor precisaremos
para acordarmos, mineiros,
de nosso sono rancoroso[5]?

Inermes, mudos, atados
à frágil renda dos minérios,
sem ânimo para a contenda,
até quando, caramujos,
nos contentará a venda[6]?

Duro o destino de Minas:
dá seu nome a quem destina,
o marca – escravo da sina –
com fundos rasgos na pele
e turva com barro amargo
a água doce que bebe[7].

III

Morro ao lado desta cava,
em lenta e triste agonia,
vendo a ruína da montanha,
vendo o pico ameaçado,
vendo a serra virar pó
pela sanha do inimigo:
com a ciência e a cultura
a cega mão da raça humana
– essa raça de toupeiras –
cava a própria sepultura.

Ver a mina me consome
por seu eu a sua causa.
Por mim é que esgota-se a terra,
faz-se produto a natureza,
muda-se o clima depressa,
milhares de espécies se extinguem,
faz-se lucro o que de graça
nos deram a vida e o acaso.

Bem mais que minério, o que veem
meus olhos aflitos, descrentes,
é o emblema deste mundo,
o imenso mistério da máquina
entreaberta ante a mente[8].

Sem as minas, as mais gerais,
não haveria a sociedade
que afoitamente forjamos.

Isso dizem os que escavam
e estão inchados de razão.
Somos deuses imperfeitos,
pés de barro, mãos de ferro,
mistos de Epimeteu e Hefesto.
De nossas oficinas saem
Pandoras quase divinas,
mas com caixas bem piores.
Dentre os males, as minas.

O poeta estava certo.
Nós somos todos de ferro,
oitenta, noventa por cento,
e mais o orgulho e o alheamento[9].
Vem desse ferro interior
o mundo que fabricamos.

Dentro de mim, minam dilemas.
Será que o mundo que erguemos,
nascido de minas e matas,
laboratórios e fábricas,
é melhor, será melhor
que o mundo que destruímos?
Será que o mundo digital,
o artifício, o virtual,
é mais mundo que o real,
que o antigo, natural?

Seremos nós mais felizes,
mais honestos, mais pacíficos
que os nossos antepassados?

Respeitamos mais o próximo?
Somos mais cultos, mais saudáveis?
Será pior a carência
ou a sedução do excesso?
O que de bom realmente
nos traz a ilusão do progresso?
O bem que nos traz a técnica
vale o mal que nos inflige?

Será mesmo necessário
tudo o que nós consumimos?
Serão mesmo necessários
tantos produtos, tantos shoppings,
tanto plástico nos mares,
tanto carbono nos ares,
tanto metal e energia?
Serão mesmo necessários
agrotóxicos, transgênicos,
tanto alimento processado,
tantos bois, porcos e aves,
as pirâmides de lixo,
o fausto dos edifícios,
o luxo das casas, das roupas,
milhões de carros nas ruas?

Se somos tão avançados,
por que, ainda, a violência,
o terrorismo, as guerras,
as armas e os exércitos,
a vaidade, a arrogância,

a mentira, a opressão,
a ignorância e o ódio?

Sem mudarmos nossos hábitos,
sem um novo pensamento,
sem reduzir o consumo,
será possível evitar
novos poços, novas cavas,
mais e mais desmatamento,
que seja mais quente o futuro?
Sem uma nova sociedade,
e sem outra economia,
como evitar mortandade
em um futuro devastado
que hora a hora se abrevia?
Será por que nós não temos
a mais leve consciência
da urgência das mudanças?
Vós que pensais bem viver
por mais umas poucas décadas
deixai aqui toda esperança[10].

De nada vale tanta coisa,
pois o homem é bicho ainda.
Somos lobos com óculos caros,
cascavéis com *smartphones*.
Não... desculpem-me os animais.
Somos monstros e demônios
que sabem que existem anjos.

Em corrida rumo ao nada,
sem tempo algum para a vida,
do amor fizemos comércio,
do planeta, nau de loucos
em carnaval ao redor
de uma carreta de feno[11]
– Hieronymus era um fotógrafo.
A Hidra ofende a si mesma
(as cabeças não se entendem)
e morre do próprio veneno.

IV

Se não podes contar a outros
o que fazes, não o faça,
pois não é certo, não é ético.
Mas quem, hoje, conhece Kant?

De modo não transparente,
proibindo visitas às minas
(com cassetetes e revólveres,
já nos contava Drummond[12])
sem abrir ao povo o projeto,
nem mesmo à gente vizinha,
as pessoas por trás dos nomes
de governo e empresas decidem
mudar o clima e o relevo,
secar os lençóis freáticos
e vender o que é de todos.
Sem sentir pena nem medo,
sem ouvir, sem discutir,
invocam grandes tragédias
como se donos do mundo,
supondo que tudo sabem,
pensando que podem tudo,
sem lembrar que a natureza
que nos gerou e mantém
já não dá conta de nós.
Atacam a Mãe-Terra, Gaia,
como se apenas estivessem
a brincar de fazer poças

em hora de maré baixa
nas areias de uma praia.

E a multidão fraca e alheia,
a querer só pão e circo
ou, então, a perseguir
a crua sobrevivência,
nada vê, não se interessa,
como se as coisas que gasta
caíssem de graça do céu.

Roubamos de nossa Mãe
todo tipo de recurso
como se o nosso planeta
fosse uma mina infinita.
Depois, devolvemos à terra,
ao ar, ao mar, ao subsolo,
todo tipo de resíduo
como se o mesmo planeta
fosse uma lata de lixo.
Queremos, no entanto, que ele
continue para sempre,
limpo, belo, confortável.
Mas a terra não é mina
de onde se pode tirar
de tudo, em qualquer quantidade,
de modo incessante e sem custo.
A terra é nascente sensível,
fonte da água da vida,
ínfima gota no espaço

escuro e sem fim do universo.
A terra é casa e agasalho,
berço feito de frágeis fios,
ninho tecido de pétalas,
taça de fino cristal
em delicado equilíbrio
sobre a ponta de um punhal.

Porém, bem poucos sabem disso.
Justo os que mais têm de sobra
são sempre os mais famintos.
Nada lhes basta, nada sacia,
e toda riqueza gerada
se faz infame, maldita:
bilhões de seres humanos
não a veem, não a alcançam,
continuam pobres, doentes,
com fome e sede, ignorantes.

Vivemos em plena loucura
buscando feno e miragens
em dias de muita ciência,
de inteligência robótica
e de bem pouca consciência,
de sentimentos psicóticos
e nenhuma sabedoria.

No entanto, uma luz se insinua
pelas frestas que o medo abre
em nossas visões de futuro.

É hora de recuar.
Gastar menos, fechar fábricas,
selar jazidas e poços,
mudar metas e costumes
e, mesmo assim, prover trabalho,
saber, saúde e sustento
a toda gente do mundo.
É preciso inventar logo
uma nova sociedade,
a começar de nós mesmos.
Agora, sim, nós veremos
o que é criatividade.

É preciso desminerar
nosso planeta, nossa vida,
desmineralizar a mente
e o petrificado coração.

V

São quatro horas da manhã.
A três quilômetros da linha,
a dois metros de meus livros,
tendo perdido a paz e o sono,
ouço passar um trem fantasma
seguindo o curso do Arrudas.
O barulho dos motores
e o estrídulo das rodas
vencem distâncias e tempos.

Da linha de um certo livro
salta, então, uma lembrança.
Fulgura no ar, fogo-fátuo,
e no escuro do quarto
me traz a voz do poeta
de Itabira do Mato Dentro.
Firme, triste, rouca e antiga,
diz que o maior trem do mundo[13]
ainda leva o seu tempo,
a sua infância, a sua vida
triturada nos vagões
de minério e destruição.
Diz que, em meio aos montes de ferro,
ano após ano, pulsa ainda
a coisa mínima do mundo:
seu coração itabirano.

Sem som algum, de olhos cerrados,
calmamente, conversamos.

Já por quase 80 anos
que o trem leva nossa terra,
digo a ele em desalento.
Ele põe a mão no queixo
e acena 'sim', com a cabeça.
Erguem-se pontes e prédios
no Japão, na Alemanha,
no Canadá e na China[14]
com o ferro que exportamos,
e a Minas restam buracos,
secas nascentes, rios de sangue,
empresários abastados
e políticos sorridentes.

Quanto de nós já levaram
os trens de ferro incontáveis
e quanto vale sua carga
escura, cortante e amarga[15]?
Que conseguimos com isso?
O melhor Estado do mundo?
Educamos nossos filhos?
(Da formação de almas e mentes,
sabemos, vem todo o resto).
Com arremedos de escolas
tendo à mão recursos novos
e mágicos conhecimentos
trocamos nossos tesouros
por miçangas, facas e apitos
e por alguns grãos de ouro
de alheios pensamentos.

VI

Os caminhões do tormento
vão a caminho da mina.
As pancadas das caçambas
e o ronco feroz dos motores
sucedem-se ao trem de ferro
antes que o sol se anuncie.

Levanto-me, tresnoitado,
e da janela do meu quarto
vejo a fila de faróis
a descer, lenta, a colina.
Outra batalha inicia-se.
Como formigas gigantes,
indo e vindo mil vezes,
rugindo, soprando poeira,
os caminhões da insensatez
levarão o dia todo
as entranhas da montanha.

A água que lava o meu rosto
não sabe lavar minha alma.
Do outro lado do espelho,
um velho, enrugado, olha-me
e, em silêncio, pergunta-me
se conheço algum segredo
que traga de volta a esperança.

VII

Vou à cozinha no quintal,
ponho a chaleira no fogão,
acendo o fogo com gravetos
e palhas de bananeiras.
Quero voltar à infância,
à casa da minha avó.

Quero vê-la novamente
entre as paredes caiadas
a enrolar seu cigarro,
a contar suas histórias,
a fazer colchas de crochê,
a brincar com as crianças,
a colher uvas e rosas,
a cantar, voz rouca e mansa.

Com certeza era uma casa
portuguesa, era uma casa
portuguesa, com certeza[16]...

Mas Carlos toca meu ombro,
e sussurra ao meu ouvido:
acorda para esse dia,
ouve o trem da manhã passando,
não há chave, não há porta,
esquece toda utopia,
acorda, assume, José[17].

Ao olhar o velador
sem saber se vou em frente,
sinto a voz de Manuel
que a nós outros se juntou:
– Escute Carlos, meu amigo.
Todo passado é Pasárgada[18],
já não existe a inocência
e todo remorso é vão.
Sente o acre sabor na boca,
teus versos são de quem morre.
O tempo é um trem que corre
nos trilhos das tuas veias[19]
e leva o ferro do que és
para o alto forno do fim.

Café com pão[20]
não tem mais não
café com pão
agora não.

O trem de ferro
leva o ferro
a ser usado
pra fazer
mais trens de ferro
levam ferro
pra fazer
mais trens de ferro
levam ferro
pra fazer

porta-aviões, metralhadoras,
mísseis, bombas e blindados,
carros novos, caixas-fortes,
bancos, lojas e mercados,
pra fazer mais caminhões,
escavadeiras e tratores,
pra cavar a nossa terra
e levar o nosso tempo,
a nossa infância,
e à nossa vida
trazer dorcs[xii].

Se fosse ao menos pra fazer
transporte público e casas
computadores, tomógrafos,
esculturas, garfos, guitarras,
ultrassons, salas de aula...

Mas não é
mas não é
não é não

Apaga o fogo
saudosista
não aumente
a emissão
não espere
a remissão
remissão
remissão

Café com pão
já não tem não
tem mais não
tem mais não
pouca gente
fraca gente
fraca gente
fraca gente...

Cuidado com a miiiiiina,
menino!

Pelo vale deste rio,
vale de aço e de lágrimas
– Vitória às minas! – proclama
a longa estrada de ferro
– Derrota a Minas! – decreta.

VIII

Carlos vem e a passos lentos
traz seu caro amigo Mário,
o faz sentar-se, sem rodeios,
ao pé do fogão, junto à lenha,
e junto relembram, saudosos,
os velhos tempos da cidade[21].

O outro Andrade, em um tição,
acende, calmo, seu cigarro
e irreverente, denuncia
outras, muitas, agressões:
– Do outro lado deste monte,
por onde passam os caminhões,
não muito longe da estrada,
frente ao Morro do Cascavel,
um dragão de carapaça
vai devorar a fazenda
chamada Ana da Cruz[22]
e as suas quase mil nascentes.
Qual São Jorge poderá
expulsar essa desgraça?

E não é só isso não.
Segue a Serra do Curral
para as bandas do poente.
Passa o espanto de Águas Claras,
a defunta Lagoa Seca,
passa além dos Olhos d´Água

(que secaram, sabe bem),
entra nas áreas do Parque
em que a serra tem outro nome
e veja mais um absurdo.

A Serra do Rola-Moça
não tinha essa mina não[23].
Vieram, fizeram o estrago,
se enriqueceram e deixaram
abismos onde era chão.
Ninguém nunca foi punido,
o Estado se calou.
E a serra do Rola-Moça
Rola-Mina se tornou.

Agora contam uma história,
das feitas pra boi dormir:
para a mina reabrir
prometem recuperação
(conversa mole, maldade
para que possam voltar
também à Serra da Piedade).
Virão mais fundos que mundos.
Essa história – justo a mesma
que usaram na Corumi –
enrola moços e moças,
mas não enrola velhos não,
pois que tal proposição
é como se, a quem falta um braço
e precisa de cuidados,

ao preço de lhe tirarem
o outro, bom, lhe ofertam dois
braços mecânicos, pesados,
podendo não dar nenhum
como fizeram outros, vários,
expertos no passado.

Ah, que dor inenarrável
de quem pressente o futuro:
    rola a Moça para a mina,
    e Piedade, para o martírio,
rola o Parque para o nada,
e o patrimônio, para o abismo,
    rolam dados sobre a banca
    do jogo do maior lucro,
cai a casa que é branca,
atenta-se contra o juízo
contra a ermida, antiga e santa.

E atrás do muro eles riem[24],
como eles riem dos crentes...

Se fosse, contudo, só isso...
No entorno do Parque e da Serra
se espalham, acobertados,
vários graves malefícios
e outros, da Vale, se aprovam,
a mesma Vale de sempre,
a do Cauê e a do Fundão.

Tome asas, faça um voo,
se não pode, peça a um drone
que percorra a serra inteira,
desde a velha Sabará
até Itatiaiuçu
(são cem quilômetros de cavas)
e o que verá será morte,
paisagens cruas de guerra,
incríveis campos de batalhas,
catedrais bombardeadas,
cenas fortes de terremotos,
impróprias aos mais sensíveis.
Voe depois para o sul
pela Serra da Moeda,
e depois a Itabirito,
Caeté, São Bento, Corinto,
Itabira e Conceição.
Não se esqueça de Araxá,
Teófilo Otoni, Serro
e tantas outras, sem fim...
É tudo terra arrasada,
tristeza, devastação.

De Carajás ao Capão
uma pergunta que não cessa:
cada mina, cada cava,
será que vale o que pesa?

Levando o cigarro à boca,
Mário o traga longamente,
e, de olhos cerrados, chora.
Já não consegue falar.
Carlos o assiste, calado.
Manuel tira as grossas lentes
e oculta o rosto entre as mãos.

IX

Passados quinhentos anos,
o que Agricola narrou
da mineração dos seus dias
vale ainda para a nossa[25].
A diferença é que hoje,
com as máquinas que temos,
a destruição é maior.

Minerar é coisa bruta
para ser feita em desertos,
nunca perto de cidades,
de lugares onde há gente,
água, bichos, matas, fontes,
plantações, sonhos, famílias,
santuários, vilas, cultura.

Minerar na capital?
Na região mais antiga,
mais povoada do Estado?
No sagrado berço dos rios?
Insensatez, evocação do mal.

O que é mesmo mineração
na longa história das Gerais:
só lavra, processo e transporte?
Agressão à natureza?
Não. É morte. E muito mais:
    escravidão, derrama, contrabando,
    conjuração, forca, exílio,

usurpação, ardis, intrigas;
exploração improvisada,
implantação mal projetada,
operação ultrapassada;
redução máxima de custos,
evasão, elisão, paraísos,
cooptação do poder público;
exportação do bem primário,
sujeição ao oligopólio,
opressão aos fornecedores;
Fundão, massacre, imperícia,
ocultação de fatos e provas
lentidão iníqua da justiça;
omissão, impunidade,
protelação dos reparos,
coação, desdém, cinismo;
cumplicidade, descaso,
violação, negligência,
intimidação, inverdades,
arrogância, truculência;
absolutização dos acionistas,
concentração do capital,
opção por altos riscos
sem assunção das consequências...

E os grandes, os fortes (quantos
deles pigmeus morais?) dizem
a toda a gente, aos quatro ventos:
queremos mais, vamos em frente.

O vício dos garimpeiros,
hoje vício de prefeitos,
sustento e voto de políticos
e receita de quem semeia
propaganda duvidosa...

A ilusão do ouro,
a ilusão do ferro,
o sonho de bamburrar...

É muito triste e dolorido,
não é fácil o despertar.

Riqueza para bem poucos,
sofrimento para o povo,
severa ofensa à vida e à terra.

Minas, minas: uma fraude secular.

X

É preciso ter à mente,
com lucidez, toda a história.
São mais de trezentos anos
desde o ouro e os diamantes.
São três séculos de danos,
de buracos, de águas sujas,
de estéreis e de rejeitos,
de mercúrio, arsênio e cianeto,
de ganho apenas para alguns
e imensas perdas para o Estado.

Estamos cansados, exaustos,
de tanta destruição.
Basta de minas, de Minas.
É preciso inaugurar
outro rumo, nova sina,
que nos levem bem mais longe,
aonde o ser seja pleno
e o existir bem melhor.
É preciso sermos sábios,
abrir nova porta no espaço
e para deixar bem clara
a corajosa decisão
é preciso mudar de nome,
de profissão e de hábitos.

Queremos nos libertar
o quanto antes, para sempre,
da primitiva e aviltante

escravidão dos minérios
- tangível signo da matéria -
para buscar o que é leve,
nutritivo, transparente.
Sejamos sérios, simples, fortes,
capazes de tornar real
o amoroso sonho de águas
- sensível símbolo do espírito -
que saciem, purifiquem,
tragam conforto e energia
para a terra e para o povo.

É preciso desminerar
nosso planeta, nossa vida,
desmineralizar a mente
e o petrificado coração.

É preciso enxergar longe
e evitar o mal maior.
Que sejam revistas agora
as licenças concedidas
para toda mineração
e critérios bem estritos
definam as poucas que possam
ser com cuidado exploradas.
As demais, sejam fechadas.
Não se exporte o minério bruto,
mas o transformado, o aço,
e o produto industrializado.
Que todos nós trabalhemos,
– população, mineradoras –,

para a recuperação
– a melhor que for possível –
do que está destruído
(tivemos todos culpa nisso).

Que recobremos as matas,
as florestas e as nascentes,
o modo íntegro de ser,
a união e a humildade.

> *É preciso desminerar*
> *nosso planeta, nossa vida,*
> *desmineralizar a mente*
> *e o petrificado coração.*

É preciso repensar
nossos hábitos e atitudes,
recusar tudo o que agride
a nós mesmos e à terra,
reduzir bem o consumo
e o insano desperdício,
fabricar bens que durem muito,
por fim ao culto de coisas novas,
reciclar o que usamos,
reparar e reusar
os produtos que geramos
que causam danos e perdas
à nossa mãe natureza.

Precisamos passar depressa,
em todos setores, no mundo,
da exploração predatória

para a extração indispensável[26].
porque os perigos cresceram
pelos erros que cometemos,
porque o século é outro,
porque o mundo mudou.
É tempo de inteligência,
conhecimento e saber
e não mais tempo de tolos
que não sabendo pensar
e não querendo se esforçar
para aprender e crescer
escolhem a via mais fácil,
o caminho primitivo
do ancestral coletor.

Que sejamos conhecidos
não por mineiros, mas libertos,
os que se empenham em ser
livres de tudo o que prende,
que reduz e que limita,
da pressa de produzir,
das imposições do consumo,
livres de corpo e de espírito,
para o pensar e o sentir,
para o tempo, o amor e a vida.

É preciso desminerar
nosso planeta, nossa vida,
desmineralizar a mente
e o petrificado coração.

Que nossa terra, tão rica,
passe a ser reconhecida
por sua riqueza maior
e seu novo nome seja
Terra das Águas Gerais,
pátria de quem pode e quer,
de quem sabe, de quem faz.

Que o triângulo sanguíneo
e agudo de cristal cortante
da bandeira do passado
arredonde sua forma
suavize os lados e torne-se
gota pura e azul de chuva
sobre o mesmo fundo branco
simbolizando a mudança:
gente humana e natureza
cooperando, em harmonia.

Que seja outra a divisa:
Liberdade o quanto antes
– *Libertas quam primum* – legenda
que nos una e nos conduza
pela nova e ousada senda
rumo à essência da vida.

É preciso desminerar
nosso planeta, nossa vida,
desmineralizar a mente
e o petrificado coração.

XI

A mina é a imagem do mundo
que estamos a destruir
mês a mês, noite e dia,
para aumentar sempre mais
a bacanal, a folia,
enquanto céleres passamos
pelo tempo rumo ao fim.
Ignorância ou maldade
de medíocres passageiros?
A mina é a imagem de um mundo,
em que todos são mineiros.

Ante a extinção do Cauê[27],
a injúria ao Pico de Ferro,
ao Pico de Itabirito[28],
e a tantos já esquecidos
– velhas fotos na parede[29] –
erguem-se apenas vozes sem força,
de crentes, de visionários,
e poemas empoeirados,
folhas secas que o vento espalha,
obsoletas, fracas redes
de pescar o pensamento.

Mesmo que fechem Corumi,
que façam belas maquiagens,
aqui e na Águas Claras,
será tarde, já está feito.

Fiquem assim, para sempre,
pico e cavas reunidos,
joio e trigo misturados
para os usos da memória
e do pensar responsável,
a natureza e o artifício,
a sordidez e o sublime,
mente e alma, lei e crime,
o belo e o triste horizontes,
o bem e o mal lado a lado,
a face ambígua das minas
no brasão da capital,
bem no coração do Estado.

Brasão da cidade de Belo Horizonte com o
Pico Belo Horizonte (ou Pico de Ferro) ante o sol nascente
e sob o triângulo da bandeira do Estado de Minas Gerais

A atual e a nova bandeira
proposta para o Estado de Minas Gerais

Notas

[1] Andrade, Carlos Drummond de; *A montanha pulverizada* – De Boitempo II – Menino Antigo (1973): "Chego à sacada e vejo a minha serra, / a serra de meu pai e meu avô".

[2] Andrade, Carlos Drummond de; *Itabira* – De Alguma Poesia (1930): "Cada um de nós tem seu pedaço no pico do Cauê / Na cidade toda de ferro / as ferraduras batem como sinos. / Os meninos seguem para a escola. / Os homens olham para o chão. / Os ingleses compram a mina. / Só, na porta da venda, Tutu caramujo cisma na / derrota incomparável".

[3] Andrade, Carlos Drummond de; *A montanha* pulverizada – em Boitempo II – Menino Antigo (1973): "Esta manhã acordo e não a encontro, / britada em bilhões de lascas, / deslizando em correia transportadora / entupindo 150 vagões, / no trem-monstro de 5 locomotivas / – trem maior do mundo, tomem nota – / foge minha serra vai, / deixando no meu corpo a paisagem / mísero pó de ferro, e este não passa".

[4] Andrade, Carlos Drummond de; *Versiprosa (*1967): "Ação, desenvolvimento! / Tudo exportar bem depressa, / Suando as rotas camisas. / Ficam buracos? Ora essa, / O que vale são divisas / Que tapem outros buracos / Do tesouro nacional, / Deixando em redor os cacos / De um país colonial. (...) E vem de cima um despacho / Autorizando: derruba! / Role tudo, de alto a baixo, / Como, ao vento, uma embaúba! / E o pico de Itabirito / Será moído, exportado. / Só quedará no infinito / Seu fantasma desolado".

[5] Andrade, Carlos Drummond de; *A máquina do mundo* – De Claro Enigma (1951): "(...) e tudo que define o ser terrestre / ou se pro-

longa até nos animais / e chega às plantas para se embeber / no sono rancoroso dos minérios".

[6] Andrade, Carlos Drummond de; *Itabira* – De Alguma Poesia (1930): "Só, na porta da venda, Tutu caramujo cisma na / derrota incomparável".

[7] Andrade, Carlos Drummond de; *Lira Itabirana* – Publicado no jornal O Cometa Itabirano, n. 58 (dez/1983): "O Rio? É doce. / A Vale? Amarga. / Ai, antes fosse / Mais leve a carga. (...) Quantas toneladas exportamos / De ferro? / Quantas lágrimas disfarçamos / Sem berro?"

[8] Andrade, Carlos Drummond de; *A máquina do mundo* – De Claro Enigma (1951): "E como eu palmilhasse vagamente / uma estrada de Minas, pedregosa, (...) a máquina do mundo se entreabriu / para quem de a romper já se esquivava / e só de o ter pensado se carpia".

[9] Andrade, Carlos Drummond de; *Confidência do Itabirano"* – De Sentimento do Mundo (1940): "Alguns anos vivi em Itabira. / Principalmente nasci em Itabira. / Por isso sou triste, orgulhoso: de ferro. / Noventa por cento de ferro nas calçadas. / Oitenta por cento de ferro nas almas. E esse alheamento do que na vida é porosidade e comunicação".

[10] Alighieri, Dante; *A Divina Comédia* - Inferno (1340): "Lasciate ogni speranza voi che entrate (Deixai qualquer esperança, vós que entrais)". Este famoso verso se encontra na porta de entrada para o Inferno, a primeira parte de *La Divina Commedia*. Para Dante Alighieri, inferno é a total ausência de esperança.

[11] "O Carro de Feno", que dá nome ao tríptico do pintor Hieronymus Bosch (1450-1516) e constitui seu painel central, simboliza os bens materiais. É puxado na direção do terceiro painel, que representa o inferno. No primeiro painel, todos lutam para obter o feno. Faz lembrar o que diz Belzebu em texto de Gil Vicente: "Que ninguém busca consciência, e todo o mundo dinheiro". https://pt.wikipedia.org/wiki/O_carro_de_feno

"Ao usar o feno como parte central da obra, o pintor fez uma alusão às coisas mundanas, à efemeridade da vida e à tolice da ganância humana diante de uma existência tão efêmera. Na pintura, o feno é usado para corromper os homens arrogantes, avarentos e prepotentes, de modo a levá-los para o inferno. O feno também era tido, no século XVI, como o símbolo da falsidade e da fraude". http://virusdaarte.net/bosch-a-carroca-de-feno/

[12] Andrade, Carlos Drummond de; *Triste Horizonte* – Publicado em 1976 no Jornal do Brasil: "(...)Tento fugir da própria cidade, reconfortar-me / em seu austero píncaro serrano. / De lá verei uma longínqua, purificada Belo Horizonte / sem escutar o rumos dos negócios abafando a litania dos fiéis. / Lá o imenso azul desenha ainda as mensagens / de esperança nos homens pacificados - os doces mineiros / que teimam em existir no caos e no tráfico. / Em vão tento a escalada. / Cassetetes e revólveres me barram / a subida que era alegria dominical de minha gente. / Proibido escalar. Proibido sentir / o ar de liberdade destes cimos, / proibido viver a selvagem intimidade destas pedras / que se vão desfazendo em forma de dinheiro. / Esta serra tem dono. Não mais a natureza / a governa. Desfaz-se, com o minério / uma antiga aliança, um rito da cidade. Desiste ou leva bala. Encurralado todos, / a Serra do Curral, os moradores / cá embaixo. Jeremias me avisa: 'Foi assolada toda a serra; de improviso / derrubaram minhas tendas, abateram meus pavilhões. / Vi os montes, e eis que tremiam. E todos os outeiros estremeciam. / Olhei a terra, e eis que estava vazia, / sem nada nada nada' // Sossega minha saudade. Não me cicies outra vez / o impróprio convite. Não quero mais, não quero ver-te, / meu Triste Horizonte e destroçado amor.". Ver também: http://www.50emais.com.br/a-bh-de-drummond-tornou-se-triste-horizonte/

[13] Andrade, Carlos Drummond de; *O maior trem do mundo* – (1984): "O maior trem do mundo / Puxado por cinco locomotivas a óleo diesel / Engatadas geminadas desembestadas / Leva meu tempo, minha infância, minha vida / Triturada em 163 vagões de

minério e destruição / O maior trem do mundo / Transporta a coisa mínima do mundo / Meu coração itabirano".

[14] Andrade, Carlos Drummond de; *O maior trem do mundo* – (1984): "O maior trem do mundo / Leva minha terra / Para a Alemanha / Leva minha terra / Para o Canadá / Leva minha terra Para o Japão".

[15] Andrade, Carlos Drummond de; *Lira Itabirana* – 1984: "O Rio? É doce. / A Vale? Amarga. / Ai, antes fosse / Mais leve a carga. (...) Quantas toneladas exportamos / De ferro? / Quantas lágrimas disfarçamos / Sem berro?"

[16] *Uma Casa Portuguesa* (1952) é uma das canções mais conhecidas da música portuguesa. A música é do maestro Artur Fonseca, que dirigia a orquestra de salão do Rádio Clube de Moçambique, com letra de dois jovens poetas de Lourenço Marques, Reinaldo Ferreira e Vasco Matos Sequeira. Mais tarde, João Maria Tudela mostrou a canção a Amália Rodrigues que a cantou e a celebrizou mundialmente. "Numa casa portuguesa fica bem / pão e vinho sobre a mesa. / Quando à porta humildemente bate alguém, / senta-se à mesa co'a gente. / Fica bem essa fraqueza, fica bem, / que o povo nunca a desmente. / A alegria da pobreza / está nesta grande riqueza / de dar, e ficar contente. / Quatro paredes caiadas, / um cheirinho a alecrim, / um cacho de uvas doiradas, / duas rosas num jardim, / um São José de azulejo / sob um sol de primavera, / uma promessa de beijos / dois braços à minha espera... / É uma casa portuguesa, com certeza! / É, com certeza, uma casa portuguesa! / No conforto pobrezinho do meu lar, / há fartura de carinho. / A cortina da janela e o luar, / mais o sol que gosta dela... / Basta pouco, poucochinho p'ra alegrar / uma existência singela... / É só amor, pão e vinho / e um caldo verde, verdinho / a fumegar na tigela".

[17] Andrade, Carlos Drummond de; *José* – De Poesias (1942): "(...) o bonde não veio, / o riso não veio, / não veio a utopia / e tudo acabou / e tudo fugiu / e tudo mofou, / e agora, José? (...) Com a chave na mão / quer abrir a porta, / não existe porta; / quer morrer no mar, / mas o mar secou; / quer ir para Minas, / Minas não há mais. / José, e agora?"

[18] Bandeira F., Manuel Carneiro de Sousa; *Vou-me embora pra Pasárgada* – De Libertinagem (1930): "Vou-me embora pra Pasárgada / Lá sou amigo do rei (...)Vou-me embora pra Pasárgada / Aqui eu não sou feliz / Lá a existência é uma aventura (...)Em Pasárgada tem tudo / É outra civilização".

[19] Bandeira F., Manuel Carneiro de Sousa; *Desencanto* – De A Cinza das Horas (1917): "Meu verso é sangue. Volúpia ardente... / Tristeza esparsa... remorso vão... / Dói-me nas veias. Amargo e quente, / Cai gota a gota, do coração. /
E nestes versos de angústia rouca / Assim dos lábios a vida corre, / Deixando um acre sabor na boca. / – Eu faço versos como quem morre".

[20] Bandeira F., Manuel Carneiro de Sousa; *Trem de Ferro* – De Estrela das Horas (1936): "Café com pão / Café com pão / Café com pão / Virge Maria que foi isso maquinista? / Agora sim / Café com pão / Agora sim / Voa, fumaça / Corre, cerca / Ai seu foguista / Bota fogo / Na fornalha / Que eu preciso / Muita força / Muita força / Muita força / Oô... (...) Vou depressa / Vou correndo / Vou na toda / Que só levo / Pouca gente / Pouca gente / Pouca gente..."

[21] Andrade, Carlos Drummond de; *Triste Horizonte* – Publicado em 1976 no Jornal do Brasil: "(...) Belo Horizonte sorrindo púbere núbil sensual sem malícia, / lugar de ler os clássicos e amar as artes novas, / lugar muito especial pela graça do clima / e pelo gosto, que não tem preço, / de falar mal do Governo no lendário Bar do Ponto. / Cidade aberta aos estudantes do mundo inteiro, inclusive Alagoas, / "maravilha de milhares de brilhos vidrilhos" / mariodeandrademente celebrada. / Não, Mário, Belo Horizonte não era uma tolice como as outras. / Era uma provinciana saudável, de carnes leves pesseguíneas. / Era um remanso, era um remanso / para fugir às partes agitadas do Brasil / sorrindo do Rio de Janeiro e de São Paulo: tão prafrentex, as duas! / e nós lá: macio-amesendados / na calma e na verde brisa irônica".

[22] Firmino, Hiram; *A Nova Regra do Jogo* - Revista Ecológica, Ed. 100, 2018, "Voltemos ao futuro que nos espera, sustentável ou não, ao redor do Morro da Cascavel, no lado nova-limense da serra. E estamos nos referindo novamente à Fazenda Ana da Cruz, situada no município metropolitano com mais verde e água (mais de 800 nascentes registradas) da Grande Belo Horizonte. Sua preservação e não invasão continuada só foi possível graças ao empenho e à luta pessoal de seus proprietários, além de se tratar de uma região erma, ainda sem asfalto e longe dos olhos da população e do mercado imobiliário".

[23] Andrade, Mário Raul Morais de; *A Serra do Rola-Moça* – Este poema faz parte do "Noturno de Belo Horizonte", publicado em Clã de Jabuti, 1924: "A Serra do Rola-Moça / Não tinha esse nome não".

[24] Andrade, Mário Raul Morais de; *A Serra do Rola-Moça* – (1924): "Pelos caminhos estreitos / Ele na frente, ela atrás. / E riam. Como eles riam! / Riam até sem razão. / A Serra do Rola-Moça / Não tinha esse nome não".

[25] Agrícola, Georgius; *De Re Metallica, Livro I* – (1556): "Os campos são devastados por operações de mineração, razão pela qual os antigos italianos foram proibidos por lei de cavar a terra para retirar metais, pois isso prejudicaria seus campos férteis, suas vinhas e seus olivais. (...) Os bosques e matas são cortados, pois há necessidade de uma quantidade infinita de madeira para construções, máquinas e a fundição de metais. E quando as florestas e bosques são derrubados, então são exterminados os animais e aves, muitos dos quais fornecem um alimento agradável para o homem. Além disso, quando os minérios são lavados, a água que foi usada envenena os rios e riachos e destrói os peixes ou os afugenta. Portanto, os habitantes dessas regiões, por causa da devastação de seus campos, bosques, florestas, riachos e rios, encontram grande dificuldade em obter as necessidades da vida e, em razão da destruição da madeira, são forçados a gastar mais na construção de edifícios. Assim, é dito, está claro para todos que há maior prejuízo da mineração do que o valor dos metais que a mineração produz".

Passados cinco séculos, os efeitos da mineração sobre o meio ambiente praticamente são os mesmos, porém em uma escala muitíssimo maior. As máquinas modernas, a maioria delas queimando petróleo e poluindo o ar, podem concluir em poucas horas o trabalho que os homens e os animais de carga levavam anos para fazer na época de Agricola.

[26] Milanez, Bruno. "O modelo neoextrativista e o paradoxo latino-americano". Entrevista. Revista IHU On-Line, n. 451, 25/08/2014; http://www.ihuonline.unisinos.br/artigo/5632-bruno-milanez

[27] Andrade, Carlos Drummond de; *15 de Novembro* – De Boitempo I – (In) Memória (1968): "A proclamação da República chegou às 10 horas da noite / em telegrama lacônico. (...) O Pico do Cauê quedou indiferente / (era todo ferro, supunha-se eterno). Não resta mais testemunha daquela noite (...) para contar o efeito dos lenços vermelhos ao suposto luar / das montanhas de Minas. / Não restam sequer as montanhas".

[28] Andrade, Carlos Drummond de; *Versiprosa (*1967): "O pico de Itabirito / Será moído e exportado / Mas ficará no infinito / Seu fantasma desolado".

[29] Andrade, Carlos Drummond de; *Confidência do Itabirano"* – De Sentimento do Mundo (1940): "Itabira é apenas uma fotografia na parede. / Mas como dói!".

AVE TERRA

Apresentação

No princípio era o Caos. Para a mitologia grega, este era o estado primitivo do mundo, matéria vaga e indescritível na qual estavam imersos e confundidos os princípios de todas as criaturas. Segundo uma antiga versão do mito, formando uma trindade com o Caos e, como ele, anteriores a toda antiguidade, existiam Eros e Anteros. Eros era o princípio do amor, unia elementos e seres, os fazia procriar e multiplicar. Anteros, deus da discórdia e do ódio, separava, impunha limites e diferenciava os entes criados. Por força de Anteros o Caos como que separou seus conteúdos e gerou outra tríade: Terra, Érebo e Noite. A Noite era identificada como a região acima da Terra e o Érebo, como a que fica abaixo, a região infernal. Eros, então, começou a agir sobre o que fora separado. Da união dos irmãos Érebo e Noite nasceram Éter, o espaço, e Dia, a luz. Da luz e do espaço nasceu o Céu. A Terra desposou o Céu e desta união nasceram todos os outros deuses e gigantes, os homens e todas as demais criaturas do mundo. Enquanto Eros promovia esta multiplicação, Anteros impedia que a natureza caísse novamente no Caos.

De acordo com outra versão do mito, no princípio existiam a Noite e o Caos. Eles se uniram e Noite pôs um ovo fecundado. Dele nasceu Eros, o amor. Das duas metades da casca surgiram o Céu e a Terra. O Céu e Terra se apaixonaram, por força do Amor, e de sua união surgiram todas as coisas.

Essas cosmogonias, bem como as histórias relativas aos deuses, eram um dos temas principais dos poetas. Por meio delas, os antigos demonstravam saber que a vida surgiu da iteração dos elementos existentes na terra com a luz e a energia do sol e das estrelas.

A maior parte dos povos antigos considerava a Terra uma deusa e cultuava como a Grande Mãe de todos os seres. Fonte inesgotável de riquezas, a Terra era venerada sob seus vários aspectos e, assim, personificada sob nomes diversos.

Géia ou Gaia (que os romanos designavam Tellus), era a Terra em seu aspecto de solo fértil, chão, fundamento e sustento das criaturas, um ser vivo e produtor de vida. Titéia, Cibele ou Réia eram os nomes atribuídos à Terra como mãe dos deuses. De certa forma e usando uma terminologia moderna, pode-se pensar que sob este aspecto a Terra era cultuada como fonte da espiritualidade, dos conteúdos da consciência e do inconsciente. Pelo nome de Ops a Terra era cultuada como a deusa das riquezas e do amparo, representada como uma senhora que estende a mão direita a oferecer socorro e a esquerda, a oferecer um pão a um pobre. Como Vesta (entre os romanos) e Héstia (que em grego significa "fogão de casa"), era venerada como lar, deusa do fogo. Os gregos iniciavam e terminavam todos os sacrifícios adorando Héstia e a invocavam sempre em primeiro lugar, antes de todos os deuses.

Vesta representava a sagrada moradia dos homens, a chama que aquece, ilumina e prepara os alimentos.

Desde então, séculos se passaram. Atualmente a Terra tem sido considerada apenas uma província rica a ser explorada pela tecnologia. Separamos nela alguns parques de diversão para turistas e transformamos o restante em lixeiras e fossas, em desertos, em áreas concretadas e asfaltadas. A economia de mercado fez da terra em uma mera fonte de recursos para a geração das miríades de objetos – em grande parte inúteis e descartáveis – que alimentam o consumismo da nossa sociedade.

Para os antigos, os deuses estavam por todos os lados, confundiam-se com a própria matéria e com as forças naturais, habitavam uma montanha, tinham filhos com os humanos e interferiam diretamente em suas ações. As religiões mais recentes- que consideramos mais evoluídas- ao proporem uma espiritualidade desvinculada de qualquer matéria, abriram as portas para esta desvairada imbecilidade dos tempos modernos: o desprezo generalizado pelas coisas terrenas, a destruição meticulosa daquilo que nos criou e nos sustenta.

Uma mesma linha de pensamento nos fez banir do mundo os deuses, tirar da terra o centro do universo, colocá-lo no sol e, a seguir, desvincular da realidade toda ideia de centro e de divindade. Sem âncoras concretas, essas ideias invadiram o próprio homem, fazendo-o centro, deus, razão e medida de todas as coisas. Cremos agora residir em nós todo o poder criador- e não em um deus ou na natureza. Pensamos apenas no nosso prazer, na satisfação de nossos (olímpicos e insaciáveis) desejos. Imaginamos que poderemos criar um mundo artificial, técnico, sem dores, sem trabalho, sem dificuldades, sem carências. Em nome deste mundo novo, cada vez mais distante, arrasamos aquele natural e simples, que os antigos deuses nos deram. Em busca de uma vida perfeita, vamos ao encontro da morte.

Nesta alvorada de um novo milênio, entretanto, entrevemos alguma mudança. A humanidade começa a perceber que a continuidade da vida está ameaçada e que, para efeitos da nossa existência, a terra é o centro do universo.

Talvez esteja na hora da poesia retomar sua antiga função de falar das origens, de lembrar aos homens as essências e de tornar mais claro, ante seus olhos racionais, o sentido profundo da sua existência como criatura entre as demais criaturas. Talvez esteja na hora de voltarmos a perceber o quanto tem de sagrado a natureza, de voltarmos a cultuar a Terra, a grande mãe de todos os viventes.

Belo Horizonte, 3 de agosto de 2000

À Terra, nossa mãe

A vista da Vila:
O aprendizado do tempo

I

O bandolim
bojudo bem
guardado
enrolado
em
fronha
sonha
mudo
o tempo
em que
por ágeis
dedos diamantinos
fez seus finos sons
tocarem as cordas
rijas
frágeis
de vagos
corações curtidos
pelos ventos
do destino.

O bandolim
bojudo
dorme
Amigo
antigo
bandolim
acorde
invente acordes
toque as cordas
finas
vagas
frágeis
deste vasto coração
que dorme
em mim.

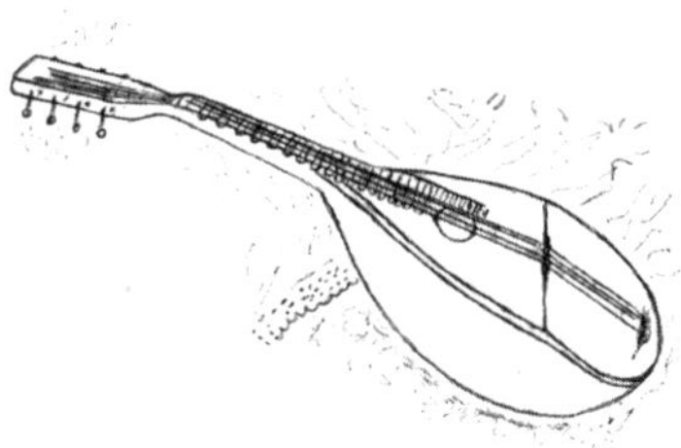

II

Dois sinos velhos
conversam
no alto
da torre
modesta
da velha igreja matriz

Dois belos sinos monótonos

O sino do bem
bate
bem
lento

O sino do bom
bate
bem
breve

Bemmmm bemmmm
bom
bemmmm bemmmm

E este som
refrão
repetem
tranquilos curvos sem pressa
à luz de amena manhã
depois de dias de chuva

Bem
bem
bom
bem bem

Os sinos velhos conversam
lado a lado ali na torre
enquanto da igreja levam
ao cemitério da colina
leve
o corpo de alguém
(que já descansa)
em meio ao sol e à neblina.

III

Já me afiz a esse tempo
tão pobre coitado tão simples
que jamais gastou relógio
nem viu um banco de escola
onde ensinam calendário.

Desaprendi muito com ele
E já não sirvo a cidades.

Sou destro em abrir palavras
desdizer ditos graúdos
falar com varas com grilos
e secundar bem-te-vis

Deito cedo e acordo cedo
varro o chão passo café
planto couve busco queijo
e enquanto o dia
amor
tece
conto os passos da formiga
que passeia sobre um livro

triste
compadecida
do ingênuo esforço de alguém
que ali tentou entender
isso (tão simples)

a vida.

IV

É preciso
aprender das pedras
o porte e o peso
sua quietude
seu silêncio
seu segredo
duro e forte
o modo manso
de recobrir-se
de limo
de servir
para ser piso
muro e ponte
e ser também
pedra apenas
onde brote
ali no mato
na terra
no escuro canto
(e não no meio)
do caminho.

V

Os loucos
andam sozinhos
conversando com o ar
com os barrancos
arrancando flores
virentes
vermelhas para comer
só mirando o céu sem nuvens
ou a noite sem estrelas
lambendo os lábios da lua
cantando no coro dos pássaros
rezando com os galos
antes da aurora.

São anjos
conhecem Deus.

VI

Um boi não tem mistério.

Pasta
bebe
anda
caga
mija
muge
puxa carro
baba
e um dia morre

Um boi é um bicho filosófico
no bom sentido
bastante sábio

Rumina
e não deixa nada escrito.

Aos noventa e dois anos Teodomiro plantava roça de milho, quase um alqueire, sozinho: capinava, covava, secundava, quebrava, colhia, transportava (balaio nas costas). Morava sozinho. Viúvo. Eu costumava ir lá ouvir uns casos ou – o que era mais comum – uns silêncios compridos. Ficávamos os dois, um tempo enorme, assuntando o quintal sem dizer nada, assentados no degrau da cozinha. Depois ele se levantava, acendia o fogo e fazia um chá preto (em mil novecentos e vinte e oito – quando teve a única dor de cabeça da sua vida – disseram que era culpa do café). Enquanto a água fervia ele quebrava o silêncio. Costumava recontar casos usando sempre as mesmas palavras. Descobri depois que falava em redondilhas, fazia versos, era um aedo. Recitava com os olhos fixos na lenha que ardia. Imagino Teodomiro falando:

VII

‘sse povo esquisito
que mora empilhado
não gosta de chuva
não depende d’água
que brota na grota
e corre no corgo.

Lá da parede das casas
na cozinha no banheiro
nasce um cano com torneira.

É só abrir e a água jorra.

‘sse povo esquisito
que mora empilhado
não gosta de chuva
não precisa da planta
que cresce do chão
riscado de arado
capinado e furado
pela mão.

É só ir ao mercado.

Lá o milho dá em lata
e em saco transparente
arroz farinha e feijão.

‘sse povo esquisito
tira leite de caixinha
das tetas do papelão.

Faz toda necessidade
num pinicão encerado
com uma aguinha no fundo
e é só apertar um botão
e coisa some das vistas
corre do mundo
desaparece no chão.

‘sse povo esquisito
adora
comprar coisa e jogar fora
gastar dinheiro com lixo
alimentar caminhão.

‘sse povo
não toma tento das coisas
não sabe de onde elas vêm
não liga pra onde vão.

Só ‘credita em coisa escrita
em coisa que dá em rádio
jornal ou televisão
vive em porta de farmácia
desfaz de raiz e folha
e despreza benzeção.

‘sse povo é muito esquisito.

VIII

O menino trouxe-me uma carta do Raimundo Espiga que mora do outro lado do riacho. Letra difícil simples. Há três dias chove e não há como passar. A pinguela caiu. O menino falou que ele botou a carta num embornal com uma pedra dentro, amarrou a boca e atirou do outro lado para ele pegar. O Raimundo começa contando uns casos da dona Ignácia Marinho avó do Sr. Antero Satírio, a que tinha dez fazendas por aqui, e termina chamando-me para ir lá tomar café e ouvir o resto. O Raimundo sabe me pescar direitinho, ainda mais quando o córrego está cheio.

IX

Ainda bem que aqui é ruim
sem luz direito sem TV
sem telefone ou estrada
sem escola e sem jornal

Ainda bem que é assim
senão vinha o povo todo
trazendo a cidade inteira

poste *shopping* prédio asfalto rua praça banco carro
loja morte grito assalto bar cinema som cigarro

e sepultava o aqui

Muita gente desconhece
o outro lado da serra
os começos do mundo
os princípios da terra...

Só pensa no grande
no caro
no limpo
no lustroso

e acha que terra
que mato
que bicho
é sujo
asqueroso.

Ainda bem que o povo gosta
do que fizeram por lá.

X

Quem ouvir
um sabiá
cantar num galho
de candeia
solitário
ao fim da tarde
e de novo cantar
depois
pousado
em um cedro
ou jatobá
um sabiá de peito
alaranjado e olhos
pequenos
de afável canto
vespertino
não precisa
às seis
ouvindo o sino
recitar Angelus Dei

Quem ouviu
– sabe-se já –
viu
viveu a Anunciação.

XI

Quando amanhecer
calçarei as botas
amigas
aquelas
amarelas
puídas e boas
que 'tão lá fora
sob o banco da varanda
doidas doidas pr'andar
e irei até o pé da serra
lá p'as bandas
da Grota
do Ipê

Quero ir ver
o tempo as coisas
beber d'água do Ingá
sentir o corpo verter

Vou levar banana e broa

Voltarei depois do almoço
ou então antes da noite

Pode ser que durma lá
ou na casa do João Santa
ou no rancho do Nim Guém

Sei não
Sei não
sei que
não sei

Vou dormir mais

Escuro ainda

Quem sabe eu já voltei?

XII

Da janela deste quarto
da parte de cima da casa
vejo meio bambual
o gáveo cimo das mangueiras
um portentoso eucalipto
e a verde verde verde encosta
com seus coqueiros e matas
a rendilhar brancas nuvens
em que pousa o azul do céu.

Desde quarto eu ouço tudo
aves cães cigarras gente
o farfalhar os mugidos
a queda d'água na bica
e os harpejos da memória

Deste quarto eu vejo o mundo
que luta insano
e perdido
por outro tipo de glória
(talvez feita de metal
de plástico concreto e vidro).

XIII

Meu corpo é feito da feliz matéria
dos continentes e dos vastos mares
tem o calor do fogo a asa dos ares
a alma densa de águas e de terra.

Eu sou meu corpo nave de mistérios
que singra pesos resistências cores
aporta em sons perfumes e sabores
e tece os sonhos que seu bojo encerra.

O mundo virtual somente imagem
tem para mim a forma da quimera
a voz do nada e estofo da miragem.

O que brota ante o olhar à flor da tela
são migalhas de luz e não viagem.
Eu quero o toque o amor o vinho a vela.

XIV

Tarde cinzenta
névoa.

Intensa
a chuva cai sobre as copas
mas pelo crivo das ramas
asperge o chão devagar.

De onde estou
vejo as gotas que insinuam-se
por folhas secas
raízes
como insetos de cristal.

Me aquieto aos poucos
me amanso
e do silêncio lanço
minha alma
aos líquidos fios que fluem.

Qual finos fusos a levam
lentos
pelos poros do solo
aos fundos
escuros lençóis.

Ali repousa minha alma
longamente adormentada
até que o sono a leva em sonhos
a nascente em meio à mata
e a faz ver acima
no azul
entre copas
a mais doce e fina luz do sol.

E à sombra do verde
em meio a pedras e troncos
em fria senda de areia
clara
minha alma corre em córregos
forma rios
e
serena
chega ao mar.

Visita os recifes
vê arraias
águas-vivas
peixes azuis
hipocampos
e se encanta com as estrelas

da noite das profundezas
a que desce
a sonhar.

Repousa minha alma
longamente
no oceano
até que alguma corrente
a faz emergir como espuma
sobre as ondas
a surfar.

Então
o vento a recolhe
a faz vapor e nuvem
a sopra até as montanhas
onde pura
renovada
cai em chuva sobre as copas
e orvalha o chão devagar
(meu corpo
já o sinto solo
folha tronco galho
areia pedra escolho
porto parte
vento
mar).

A Via da Vida:
Ainda há tempo?

I

Motos me matam
carros me cavam
– diz a serra –

rodas
fora de estradas
rasgam-me as costas
– sendas frágeis e nuas
por onde as águas
das cruas chuvas
me cortam

(r)
Mo tos
me matam
– chora a terra –
espectros de gente
assombram com atos
que chamam de esporte
Porém
são ataques
são males

são mortes
(mas isso
os mortos
fantasmas
não sentem)

***

Máquinas me matam
– quase inaudível
rouca
soa velha
a voz da terra –

Tratores
me tragam
me arrasam
me serram.
Titânicos vândalos
cada um é uma horda
(cem mil braços cada garra
cem mil juntas cada lâmina)
numa lua moem montes
em horas sepultam vales
lestos entulham pântanos
que durante dez mil séculos
com grãos e gotas criei
(desfazem infindo trabalho
enquanto um lírio se abre)

***

Na tênue pele dos campos
(só para o lucro plantados)

no estreito rastro das rodas
(veredas de negras adagas)

na fria chaga das minas
(triste efígie do consumo)

sobre o corte das estradas
sobre as cinzas e o carvão

cai a chuva
faz abismos
e do ventre
da erosão
leva aflita
maculada
o solo
talado
com que aterra
assola
o indefeso leito dos rios minguados

Fendas
enormes feridas
secos lençóis
nascentes perdidas
águas sem curso
e enchentes que arrasam
o que resta da vida.

II

Toneladas de gases mortais
saem dos canos dos carros
dos tubos das fábricas do lixo queimado
(esse incenso aos deuses do mal
toma todo o ar do mundo
feito templo do mercado)

Encho o pulmão
aspiro tudo
e adormeço
e adormecendo
esqueço:
sou omisso
ante o pecado.

São Francisco considerava todos os seres irmãos e irmãs, filhos do mesmo Pai que nos criou. Sabemos que tudo é ligado, cada coisa depende da outra. A vida é um grande ciclo em que cada ser, por insignificante que pareça, é essencial. Da forma como estamos nos conduzindo em nossa família terrena, dentro de apenas 50 anos metade das espécies vegetais e animais- que o universo demorou 15 bilhões de anos para gerar- estarão desaparecidas. Para sempre. Mais que o inestimável patrimônio genético que estas espécies representam, mais que a ruptura de elos da cadeia do delicado equilíbrio ecológico, perderemos irmãos que têm tanto direito à vida quanto nós mesmos.

III

Este besouro dourado
cuja espécie está no fim
este besouro é um irmão
ele faz parte de mim
é filho da mesma vida
que um dia me criou.
Meus netos não o verão.

Esta braúna gigante
seu negro cerne de ferro
suas folhas de cetim
que agora vestem o chão
essa braúna é irmã
ela faz parte de mim.
O que é uma braúna
meus netos jamais saberão.

Este peixinho cinzento
essa asa colorida
essa baleia esse lobo
que estão em extinção
são corpos deste meu corpo

são vidas da minha vida
são gotas da mesma água
que se faz lágrima em mim:
são irmãos que se despedem
fui eu quem causou seu fim.

IV

Caiu o imenso angelim
morto por dentes de aço.

Tombando
seu corpo gigante
parou o tempo com as folhas
com os galhos cortou o espaço
e arrastou consigo ao solo
doze irmãs que vicejavam
em sua fatal trajetória.

Silêncio na mata
indescritível dor
ira
espanto.

Morreu o imenso angelim
para a glória do consumo.

Esquecendo-se de si
vem chegando de seus longes
as mais agudas distâncias
e transmutam-se no aqui.

As durações se detêm
despem segundos e horas
vestem a túnica do infindo
e tornam-se eterno agora.

O mundo
cortado em seu curso
e feito todo presente
contempla mudo
o próprio fim.

Na clareira aberta
poço do infortúnio –
a luz borda
funesta
a noite que chega
soturna e certa
na esteira da queda
do angelim.

V

A serra inteira incendeia-se
e o fogo já chega ao vale.

A
linha
de chamas
serpeia
contínua
e enorme
por campos
e encostas
semeando
o inferno
a desgraça
e a morte.

Só os loucos
sonhadores e poetas
o combatem.

Usam ramos como açoites
foices já sem corte
enxadas
gotas de suor
lágrimas
e coragem.

O fogo
avança na tarde
transpõe a noite
afronta os astros
com sanguíneo brilho
devora arbustos
gramíneas
árvores inteiras
lambe o chão das matas
queima ninhos tocas
lebres pacas lobos
insetos aranhas bactérias
e segue indômito
rindo dos loucos
crepitando sarcástico ante os poetas
devorando os sonhos.

Atrás das chamas o rastro:
cinzas carvão seca fumaça
deserto erosão calor
inferno
morte
desgraça.

VI

Pensamos que por pensarmos
somos anjos somos almas
seres de pura leveza
voando isentos
acima
da inculta e simples natureza.

Pensamos que por pensarmos
somos senhores do mundo
fora da ordem das coisas
pairando longe do alcance
das grandes mãos naturais.

Mas somos irmãos dos sapos
das cobras e borboletas
dos leões e das aranhas
das violetas e patos.

Bichos como os outros bichos
sujeitos à morte e às doenças
bolhas de barro e de ar
riscadas de inteligência

pelas mãos do nosso orgulho
estendemos sobre o mundo
um manto de noite e névoa.

Mordidos pelo desejo
criamos asas de ferro:
entre escombros decaímos
o
bjetos noctívagos
a
nós
os vampiros da terra.

VII

Uma jaguatirica atropelada
com as vísceras de fora
e a cabeça amassada
jaz no asfalto
do acostamento
ao lado da estrada.

O sol da manhã
olha absorto o desastre
e ascende o ouro dos pêlos
(já feito pasto de moscas)
ao lado das rodas que passam
velozes
indiferentes
frias.

Alguém pára
e recolhe a carcaça
para curtir-lhe o couro.

Numa parede qualquer
na estranheza da cidade
o pequeno jaguar
se estenderá um dia

dourado
sublime

inânime monumento
à velocidade e ao crime.

VIII

Se um lugar não nos agrada
– se está ruim degradado –
vamos em busca de outro
(como qualquer animal).

Custe muito ou custe pouco
seja por bem ou por mal
com luta ou tranquilamente
podemos mudar de quarto
de casa de rua e de bairro
de uma cidade de estado
de país ou continente.

Mas não há como deixar
nosso pequeno planeta.

Esse mundo azul e verde
se nos mantém nos encerra:
quando o esgotarmos morremos
(e falta pouco bem pouco
isso todos nós sabemos).

Com nossas mãos construímos
o que na terra teremos.

De acordo com um mito grego, Prometeu, cujo nome quer dizer "previdente", criou o homem a partir do barro da terra por notar que, entre os seres vivos, não havia nenhum dotado de inteligência. Tendo-o criado, ensinou a ele tudo o que sabia. Admirada, Minerva, deusa da sabedoria, ofereceu-se para ajudar no aperfeiçoamento do homem. Prometeu, então, pediu-lhe que o levasse ao céu para que ele conhecesse melhor o que poderia ser aplicado ao que se criara. Ela o levou, no seu retorno, ele trouxe, escondido num bastão oco, o fogo, elemento essencial para o homem.

Para vingar-se do roubo, Júpter ordenou a Vulcano que forjasse uma mulher, com todas as perfeições, e a apresentasse aos deuses. Conhecendo-a, cada um colaborou para que ela se tornasse mais bonita e atraente, dando-lhe joias e vestidos, ensinando-lhe artes, habilidades manuais e formas de sedução. Por ter todos os dons, deram-lhe o nome de Pandora (de pan, *"tudo" e* doron, *"dom"). Júpiter entregou-lhe uma caixa fechada e a enviou a Prometeu. Este, desconfiado, não a recebeu e recomendou a seu irmão Epimeteu ("o que reflete demasiadamente tarde") que não a recebesse. Epimeteu, seduzido e apaixonado, casou-se com Pandora e abriu sua caixa: dela saíram todos os males e crimes que desde então estão espalhados pelo mundo.*

Hoje, Pandora poderia ter um outro nome: Tecnologia. E os homens, outro: Epimeteus.

IX

O que é uma cidade
senão jazidas deslocadas
montes de areia
tiradas dos rios
montes de pedras
roubadas às serras
montes de argila queimada
furtada ao fundo da terra?

O que são carros
caminhões
trens navios aviões
lâmpadas plásticos
tampas vidro latas
discos TV's fogões
senão minas
esgotadas
cavas imensas
petróleo extraído
do seio da terra
e feito fumaça
fuligem no ar?

O que é
essa coisa invisível
o elétrico sangue
do mundo moderno
senão gás carvão
óleo queimado
fumaça e fuligem
terra alagada
barragens concreto
máquinas fios
minas e cavas?

O que são mesas
e camas
grades de telhados
portas e pisos
tábuas e compensados
livros papéis e jornais
senão matas cortadas
terra erodida
nascentes secas
leitos assoreados
e ar não filtrado?

O que compro
quando compro
o que preciso
e não preciso
senão terra devastada
e o dia final do juízo?

O que descarto
ao por no lixo
qualquer resto
ou produto usado
senão o tesouro da terra
que por mão predadora
foi dela roubado?
O que é lixo
rejeito
senão dom
feito veneno
senão a morte espalhada?

Cuidado
meu filho
cuidado:
cada obra ou artefato
da esperta mão humana
é sedutora Pandora
que – se tem conforto e encanto –
já vem com a escura caixa aberta.

X

Quem gosta do campo gosta do campo porque o campo não é cidade. Por que então quer levar a cidade para o campo? O campo tem as delícias dos campos, a magia das coisas infeitas só nascidas. A cidade tem conforto de cidades, de obras por mãos e máquinas tecidas. Levar confortos de cidade para o campo é desfazer o campo é mudá-lo em cidade. Parece óbvio. No entanto muitos pensam que é possível ter tudo (conciliação de opostos). Cada coisa tem seu preço. O silêncio a liberdade do campo cobram manter intacta em seus princípios primevos a rude e frágil natureza, os grandes espaços. Asfaltar pastos? Concretar matas? Fazer casas lado a lado? Iluminar cada palmo? Eliminar insetos, poeira, capim, flora e fauna? Quem quer campo que mantenha o campo. Trabalho mental internet cinema bar hospital escolas padarias carros frágeis belos limpos ruas iluminadas lojas praças curtas distâncias velocidade pizza por telefone farmácia isso é coisa de cidade e custa aperto edifício ruído medo lixo assalto. Há que se traçar rotas entre o possível e o conveniente rumar naus para novos mundos. Quem gosta de campo e quer cidade não compre campo não o torça não o estrague: a cada mês alugue um ameno lugar por uns dias (é mais racional e mais barato que o desperdício de casas usadas de quando em vez). Quem vende campo não engane. Não venda lotes mas hectares. Quem gosta de campo que pense que sinta que o ame.

XI

Estas vastas plantações
verdes fortes bonitas
que ondulam sobre o terreno
nas baixadas e nos montes
a perder de vista
vivem de adubo forjado
e de mortal veneno.

Essa fruta
esse grão
essa folha
são envoltos
em agrotóxicos.

O leite que dás ao teu filho
essa carne saborosa
os ovos
os queijos que comes
são recheados de hormônios
e de antibióticos

E a chuva
que lava plantas e campos
– enquanto
indiferente e contaminado
ante a TV tu sonhas
em tua mesa de jantar –
leva toda essa peçonha
para os rios
(já cheios de esgoto)
para os lagos
para os peixes
para o mar.

XII

(S-ilogismos Des-aforísticos)

Os micos são muito rápidos.
Talvez por isso são livres.

O sol vive muito longe.
Talvez por isso ele é livre.

As árvores são livres.
Talvez por isso não pensem.

***

O contrário de cidade não é campo.
O campo é outro mundo.

O ziziar das cigarras não é ruído.
É canto.

Gostar do canto é voltar na história.
Requer opção e abandono.

***

Não há espaço para mil formigas
sobre a casca de um ovo.

Cupins em madeira fechada num vidro.
Quando a madeira acaba os cupins acabam.

O planeta é um ovo de madeira
fechado numa cápsula de ar.

XIII

Criança
aprendeu primeiro
a temer a natureza:
trevas raios trovoadas
ruídos noturnos abelhas
chifres coices e espinhos.

Ensinaram-lhe depois
a admirar sua beleza:
sons e tons das águas
arco-íris e estrelas
pêlos pulos e vôos
lagos luas e lírios.

Jovem
a escola mostrou-lhe
suas leis e segredos
forças e movimentos
as fórmulas das formas
números da matéria
as maneiras de obrigá-la
a criar sempre mais seres
a entregar mais energia.

Com o tempo
a experiência ensinou-lhe
a respeitar a natureza:
fez-lhe ver seu poder
seus insondáveis mistérios
e a humilde supremacia
de quem sabe que tem sempre
a derradeira palavra.

Somente há pouco
no entanto
aprendeu a escutar
seu pranto
a conhecer seus limites
seu delicado equilíbrio
a sentir suas dores
a adivinhar suas fraquezas
e imensa fragilidade.

E tendo ouvido sua voz
contemplado os seus encantos
aprendeu enfim a amá-la
com paixão e com carinho.

Descobri-se criatura
e seduzido
entregue a ela
em meio a montes e campos
fez sua toca
seu ninho.

XIV

Ave Terra
cheia de graça
o Amor é convosco
bem-aventurada sois vós
entre todos os planetas
e bendito é o fruto
do vosso ventre
a vida.

Santa Moradia
Arca de Encantos
cuidai de nós predadores
que só agora entrevemos
o quanto abreviamos
a hora da nossa morte
amém.

***

Salve Rainha dos Astros
Mãe de misericórdia
beleza
doçura
esperança nossa
salve

A vós clamamos
ingratos filhos que somos
a vós suplicamos
gemendo e chorando
no vale de lágrimas
em que transformamos
o paraíso:
mostrai a nós o caminho
do equilíbrio e do cuidado
mudai nosso coração
ensinai-nos a amar-vos
ó clemente
ó carinhosa
ó doce
Rosa do Espaço.

Olhai por nós Santa Mãe da Vida
para que sejamos dignos
das vossas dádivas.

SALVE A TERRA

Este livro foi composto em Adobe Garamond Pro
e impresso em papel Chambril Avena 80g/m2 (miolo)
e Cartão 300g/m2 (capa), no inverno de 2019.